Hoarse Vibrations

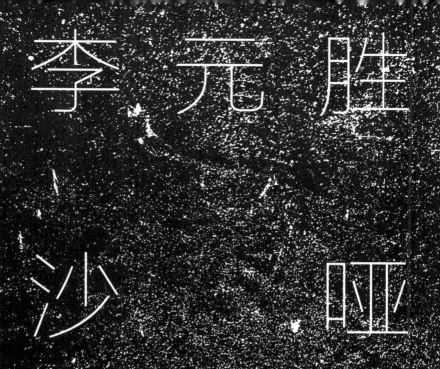

李元胜

沙哑

重庆大学出版社

命有繁花

忘机之年

沙哑

目录

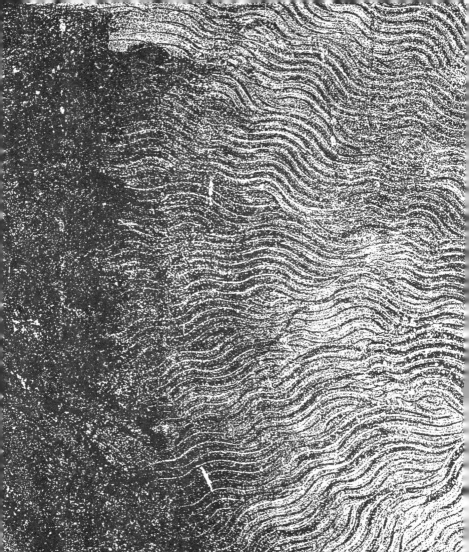

序

2018年1月6日 溯源居

11   2015年对我来说是一个重要的年份，离开了自己服务30年的媒体集团，全力以赴投入自己的写作，当然，也包括与写作有关的旅行和自然考察。终于不用对一个团队负主要责任，这种如释重负的轻松感，很自然带来了更为放松的写作。到2017年底前后，我一共写完了《命有繁花》《忘机之年》《沙哑》三本小诗集。本书就是从这三本小诗集约200首诗中精选出来的。这是我写作的一个全新的阶段。

20世纪80年代，是我寻找写作方向的阶段，有一定规划性的写作主题有两个：一是试图连通中国古典文化传统的写作，也可以说是向遥远的田园文化和文士生活致敬，有100多首；一是试图表现城市生活现场经验的写作，相对少些，有 50 多首。但是，还有一些写作，是突如其来的即兴，比较有代表性的是《给》（墙外只有一棵树 / 它沉默的时候很像我 / 它从树干里往外看的时候很像我）。这样的写作不在任何路数里，刚写下的时候，自己也只觉得是消遣。事实上，在我后续的写作中，这些即兴写作逐渐拓开的领域，更为重要。

90 年代，我把主要精力放到如何去处理个人经验上。在技艺上，自己尽量做减法，对 80 年代自己尝试过的多种写作，我只挑选了更自然、更微观具象的呈现方法。在日常经验中，有一些不能被理解不易被表达的，反而成为我最为看重的写作资源。正因为承担了表达日常生活中的

13 未知，或未被充分表现或阐述的那部分，我反而特别注意表达本身的敞开性——这种敞开也最好是既突然的又自然的。不管要经过多么困难的写作过程，但读者读到的文本（不管它有多少层），必须是通透的和敞开的，这成为我写作的基本教条。

2000 年之后，我的很多写作教条，仍在发挥作用，但由于爱好和生活发生了很大变化——我从 2000 年起迷上野外考察，拍摄昆虫和植物，我迷恋的东西必定会以某种方法影响我的诗歌写作。或者这么说，当我从迷恋的纷繁自然中抬起头来，重新看待世界的时候，我会看到以前没看到过的东西。这十年写作的一个重点是，注重个人经验中更能触及重要命题的那些部分。

和前面的写作相比，2010 年至今的诗歌写作，有点像进入了一个非常
放松、随心所欲的阶段。没有普通的事情，我看到的、听到的、路过的
一切都很特别，都值得好好写。重要的是，不是写什么，而是每一次写
作，你都必须发展出新的语言能力，才能与你获得的新经验相匹配。

也许，这就是写作 30 年后所获得的一个状态，更放肆也更超脱，每一
次写作，都在挣脱之前的一切，进入更大的自由，我希望这个状态落实
到文本，能看似漫不经心的，其实从结构到细节同样严密。当然，我并
不确信自己是否已经做到，我只是不由自主地往这个方向靠近。

繁花

你错过的全在这里

你错过的全在这里
一本翻开的旧书中，百合开花了
鱼鳞云涂抹城市

绿皮火车还在缓缓行驶
月份紧挨着，摇晃着，行驶
但已不载着你

读吧，你错过的地方
错过的人，都成了诗篇
它们行驶着，但已不载着你

读吧，你错过的时间里
万物繁殖，它们仿佛依循某个使命
绝望和你无关，迷恋也和你无关

而你，只是暮春里一个迟到的人
狐疑地读着，不知为何
错过本该如此有趣的命运

20141112
20150505 改

自述[＊]

我只是一个低凹处
低于自然，也低于人间
低到深处养鱼，浅处由人涉水而过

历经劫波，我获得一个如此低的自己——
万物倒映于一个古老的伤口
并用它们的阴影喂养我

支持着我继续
从黄昏下降到午夜
从树梢下降到内心深处漆黑的石缝

多少年了，我就这样下降着
在越来越深的创口里
直到这永不愈合的一切
成为绝不公开的艺术

＊胜坑：浙江省临海市境内的古村落，属小芝镇。

20141119

山中

沿着木质的绝句
很容易进入竖幅的九如山

溪谷间，我只不过轻轻一跃
就和它交换了身体

对湖

一个坐在湖边的人
这世上，还有什么能让他羡慕

芦苇像他曾经的生活
规矩而仔细的仿宋，风一吹
成了凌乱难堪的草书

湖水也像他曾经的生活
一排排玻璃房子，摇晃着
这么多年了，他住过的每一间
仍在黑暗中莫名颤栗

就这样吧，他微笑着说
像是自言自语

一座废墟在夕阳中镀金
仅仅一个傍晚
他便放下了万顷芦苇和湖水

20150614

环湖记

先是人群，后来是柳树
然后是成片的芦苇
一支越来越浩大的队伍，围着湖走着

深浅不一的脚步，汇聚成
夜空下巨大的漩涡

前面是汉人，后面是宋人
错过了大风起兮
还好，我身后有杏花三十里

木兰花慢，竟然以一首小词
收留了这千年的踉跄

通往故国的栈道上
疾行的脚突然停住——
还好，我险些踩到星星
而不是别的尘世

20150613 徐州

水榭小驻

往事安静了，众多小路空无一人
湖岸迤逦而去
起伏有如平生那些未解之谜

原来心可以是风雨海峡
也可以天高云淡，水波不兴

这一生无所惭愧
也随鸟翔，也任鱼游
经年的淤泥，也有肥大的藕开出新花

这一生无所失败
众人鸟影掠过，不着痕迹
而你的名字如一艘沉船
压着镜子里的无边银色

20150615

尘土与锦绣

到一个地名里去生活
扎下根，穿过写字间、街道
再向下，一直深入到故国

在文字中辨认尘土
又在尘土中看到锦绣文章

开幼稚的花，结浪费的果
从总想登高，到更愿意
是被频繁使用的楼梯

终于，写作变得不容易
就像植物，要重新学习行走

我迈出的每一步
都扯动着写字间、街道
以及黑暗中的肿大根块

20150616

我与湖

湖已经停下，我还在翻卷浪花
湖已经宁静，我还在涟漪阵阵
湖笑完，推开了岸
我爱过，多少年了，还在原地

26　湖做着梦，梦见自己成了玻璃
冬天，它就真的成了玻璃
而我，依靠推开创口——这唯一的窗
才能清醒地来到新的一天

湖大也圆满，小也圆满
而我奔走在尘世
满腔的湖水多余、疼痛
不知何时能倾泻而出

20150616

给

生活越枯燥，越有机会
看到一本书里的繁花
一个人读到海阔天空
遂依稀想起，我也曾
在另一个星球放牧过羊群

雨停了，窗外的桃树
在自己的果实里打坐

唉，历经多少朝代
我们仍深陷在
各自甜蜜的牢笼中

20150706

略有悔

过了几年，才发现
我不过是活在
当年写下的那部剧本里
哎，如果知道这就是未来
应该把它写得再颓废些

28

至少，两个省的距离，应该写短些
频繁往来的我，旅程缩短
至少，时光不应该是匀速的
有些年可以快进，有些天可以一过再过——
在你有些惊讶的微笑中
细雨。春花……无限循环

20150707
20150726 改

磨坊

偶尔的小混乱自找的，不值得收拾
偶尔的表白太平庸，不值得提到你的名字

你喜欢在一条支流边住下，它已经足够热闹
我开始习惯当一株强壮杂草，开计划外的野花

你只顾埋头读书，多年的闪电被悄悄捆起
我写到午夜，一身的锋刃像河水的反光

我们急切地沿着大街各奔前程
又更急切地抄小路回来，奇怪的剧本

我用自己的群山，平衡窗外的市井
你哑然一笑，整个房间充满矛盾之美

偶尔，我们一起回顾爱，那巨大的磨坊
永不停止地旋转，以及，身体被碾碎时的麦香

20150720

傍晚之拾

扔掉怒放的一生，牵牛枯萎直到成为种子
我麻木地脱鞋，撕下一天的路，去梦中盛开

它们飞过我窗前，一团花四肢紧抱，不想醒来
我得起床，给自己加油，重新穿上这凌乱的人间

30

我想起初夏，一直喜欢倒过来看它们——
天空垂下开花的旋梯。现在，只有一杯酒倒过来看着我

像两条前程莫测的河流，我们交错，在世界的画稿里
睡熟后，轮到它旅行，我在旋梯上倾倒颜料

20150724

太阳花说，春天我才一株，现在被你分成了九株
不知道我们算姐妹，还是整体算同一个我？
薄荷说，我们只是同一个主人的不同车间
世世代代生产香料，却不知道主人的名字

垂盆草说，来自同一个遥远母体，整体里面可否包含我？　　31
百合花说，我喜欢看你被问得很颓废的样子
蜡梅说，别问我，看起来我在，其实我早已离开
一年一度，最冷时候我才回来看看你

颂诗

你是那唯一的唱针，摩擦我，呼喊我
直到我从一张沉睡的唱片里挣扎着起来，成为湖泊

你的爱，那发红的针尖，多么奢侈
对面是阴郁已久的豆荚，那时光里的沉船

摩擦，呼喊，尖锐地划开一切
仿佛我只要微微敞开，就会蹦出星星

那么，请靠近我，靠着你的星辰
让我看看最后的黑夜，因为你，我学习重新爱上朝阳

20150725

削

一圈，又一圈，苹果露出新鲜甜美的思想
它如此安静，伟大从来和怒气冲冲无关

刀刃只是它的一段旅行，换成安全的腐烂又如何
或者，换成一杯热情的酒又如何

那甜蜜的一滴玻璃，从光滑的额头落下
它思考着，在思考中变成了液体，然后粉碎成更多的晶体

果核留在了身后，那是另一个宇宙，装满未来的闪电
它在消失，又仿佛同时在获得万物

20150726

一个人写下唐诗，却不留下注释
这是一件很不负责任的事情

为了一个词，人们争吵不休，挖掘不止
几乎让庞大的语言翻了个身

34

所以，我们现在是在汉语的背面生活
说出的话，其实有着完全相反的意思

付出这么大代价，这首诗终于拥有了注释
就像体面的人总是带着随从

一个博物馆，随从负责哪些门开，哪些门关
我们沿着规定的线路参观，小心**翼翼**，感觉十分安全

20150726

撤退

我从酒局撤退，含着一口海水
我从花园撤退，倒拖着蜜蜂的刺

从词典中撤退，带一个遮脸用的偏旁
从爱情里撤退，带着很多错别字

我想从一张地图上撤退，飞机说
苍蝇飞三圈，发现回去才是真勇敢

我想从一场大病中撤退，医生说
慢点，慢点，你全身都还在抽丝

从前半生撤退，我居然什么也没来得及带
从这个下午撤退，刚起身，就被傍晚退回原地

20150728

我与汉语

写作三十年，我只动用了
汉语很小的一部分
而汉语写我，把我从年轻写到苍老
它动用了几代人
甚至一个广袤的省份

36

20150801

谈话

生活就是眼前的空剧场
上演过的，围观着的
你看不见了，但永不消失
百年之后，它们
仍旧悬挂在潮湿的空气中

而青春只是一首好诗的结尾
它不是结束，而是门被猛然推开
走廊尽头，一条小路
通往你未曾知晓的旷野

20150802

如果

如果，还爱着热气腾腾的早晨
我就是有救的，被日常生活所救

提着早点，路过一个羞耻着的人
我是有救的，就像路过一座晨光中的教堂

20150804

微粒之心

一粒朝露，有没有泥土的咸？
一缕轻烟，有没有大地的重？
一首短诗，有没有心的不甘？

早已顺从尘埃般的生存
像扬起的微粒，满载自己的宿命
万物循环，我们知道结局，却又永不心甘……

20150804

夜读

我喜欢的短诗，会越读越长
每次旅行，我增加着它的留白
每一年，我代替它枯木逢春
爱过的列车，送走的人
朗诵时和他们撞个满怀

终于，夜深时一个人不敢再读
我怕在夏夜里读到漫天大雪
它突然变空，就像人生越读越短
生活到已无须生活，窗外一片银色
那么美，仿佛世界的尽头

20150808

蜀葵

一个夏天的奇思妙想结束了
蜀葵带着枯萎的美，像停止上升的梯子——
啊，那花朵般的攀登者的脚印

现在，我们正处在残破、转折的时刻
一切就像被大雨淋坏的名画

黑色种子落到我的手心
留给未来的陌生的自己、全新的梯子
以及包含死亡的神秘方程式

夏天里，很多行星也在这样枯萎
而我们百年之后，宇宙仍将运行
带着无穷多的神秘方程式

20150815

命有繁花

夜读"红楼"，市声如织，徘徊一场旧梦
隔一条街，曹氏还在消遣心中那块顽石
一个人从深渊回到世上
他带回的涟漪，其实仍旧是无用的

42　　棋局中奔跑的卒，只看得见前面的楚河
孤独终老的人，忘了自己也曾命有繁花
新的一天，我们还得握紧绳子，缓缓放下竹篮
时代的，小说的，曹氏的涟漪，在空中挣扎了一下
都回到了之前的漆黑中

20150822

若有所得

我在青春里跋涉得太久
每过几年，就会重新趟过那个沼泽
经历不同的摔倒和陷落

虚构的旅行，已经遮住了
那次真正的冒险
在反复的虚构中，沼泽变得丰富、有趣

摔倒已经不重要了，我最后只记得
从水面看过去——
那一丛丛突然倾斜的黄花

这样的推敲，消耗了很多时光
而且让我和别的事物
始终保持着，这样特别的角度

20150827

镂空之湖

1

我住在一个死去的湖里，湖岸早已模糊——
变成高架桥，小区的围墙
它就像一颗绝望的人，放弃了边缘
顺从地接受，塞进来的陌生时代

昔日的湖面，远远高于我家
每天，我沿着台阶往下走
感觉是在下潜，感觉是一颗疲倦的心
要回到一颗更疲倦的心里

夜已足够深，我的心也足够粗糙
这几乎是一颗砂粒，滚进紧闭蚌壳的过程
我辗转反侧，独自摩擦着幽暗的事物

2

它挣扎在孩子摊开的手里
最后的一条鱼，是它的身体
它挣扎在最后一滴水里
轻得能被光线轻轻举到空中

新鲜的泥土，轰鸣着代替了湖水
就像涂改液在抹掉一堆病句
其实也没抹掉，它挣扎后只是下沉
下沉到湖底以下，下沉到
自己都不知晓的淤泥之中

傍晚，我评估着白昼带来的素材
电影重新剪辑，胶片像乌云翻卷
突然，隔着很多层泥土——
我感到它在下面好奇地翻了个身

3
或许，并没有过这样的挣扎
工人在不远处挖着排水沟
它最后的浅水，安静地平躺着
就像一封即将寄走的信

是的，我相信它被寄走了
连同那些柳条鱼、蝴蝶和豆娘
我们已经寄走了很多珍贵的信
某个黑色的地址

某个黑色的大地，堆满邮件

而且近在咫尺——

我在这里送过一个朋友，我们聊天

讨论人类的理性，他说

回到家，发现身上沾满了鳞片

4

"南湖在哪？"第一次来到此地的人

谨慎地在街上东张西望

"南湖在哪？"回家的人开始有点困惑

故乡的陌生最让人惊慌

它是一块巨大的翡翠

被打碎，然后散落各地

散落在构树的新叶，蜻蜓的翅膀

以及我打开的书里

只要有人提到它，它都会重新死亡一次

那些碎片，再次分裂、扩散

仿佛是最后一次，那些缩小的浪花

舔着我的脸、键盘和露台上的植物

5

曾经路过很多湖，但只有一个湖
我终身都带着它的湖水
认识了很多人，但只有一个人
我在所有的场景中，看得到她的倒影

那些迁徙的居民，带着它的湖水飞着
在别的地方寻找它的倒影

多年后，它们的后代还在回来
蜻蜓在玻璃的反光上面盘旋，寻找
可以产卵的地方，夜鹭
发现露台的鱼池里，有新的目标

还是继续远走高飞吧，回忆
徒然增加着别扭和愤怒

6

没有一成不变，它只是
液体的时光，时间的短暂形体
像我们的一生，被缓慢充盈

又被缓慢镂空

被镂空的湖，悬挂在夜空之下
它的居民、波浪和复杂的反光
都已被取走
它变得完美，就像那些被镂空的爱

它也悬挂在这一首诗里
那些活着，被替换成文字的荆棘
在这里散步多年，突然
我觉得自己就像一个守灵人

不止一次，我想象过它在我的眼前复活
发着金属的光
就像想象自己被镂空的青年时代
如何重新充盈，当年的浪花
其实早已被全部寄走

20150903 - 20150906

傍晚的剧场

傍晚，剧场亮了，像一个港口
收容鱼贯而入的道路
形形色色的船只，暮色重重
幻想有个地方可短暂卸下

于是海浪被临时修整，一排排台阶
我们发现到了另一个海底
或许，是自己未曾发现的地下室
人性中的某一层，漆黑着
可以轻手轻脚，往下逐渐靠近

这和计划有些出入，本来
是想用一个剧本来忘记什么
本来是想在剧中昏睡
梦见失踪已久的生活
就像读〝红楼〞，每个人各取所需
灯下各自抱得美人归

结果，我们到了另一个大海
经历别的汹涌和危险
全场安静，但每个人都在挣扎
同一束光照亮各不相同的舞台
有人在忍住咳嗽，真实
呛醒了多少虚幻的人，多好的时代啊
但每一个人都是羞耻的

50

20150922

终生误

从纸上拉起一片湖水
或者，在一首诗里放下你的倒影
一部剧，一张虚空中的网
拽着不同时代的失意人
让我们跃出苦涩的湖水吧
经历又一次重逢、相爱和失之交臂
我在这厢徘徊，心头强按下水中月
你在那厢惊醒，镜中开满繁花
生活，折叠我们只有一次
而它的错过反复消磨着我们

一个人是另一个人的仙境
也可能是另一个人的寒庙
而一部剧是一个时代的后院
一个名字是一群人的突然缄默
这无限折叠的人生，无数朝代里的活着
我多么恐惧着，身边突然的加速度——
一曲唱罢满头新雪，而你，仍旧宠着我的喋喋不休
"再讲一次吧，从满头新雪开始往回讲
我迷上这倒叙的爱，爱着你倒叙的一生"

20160128
20160202 改

忘机

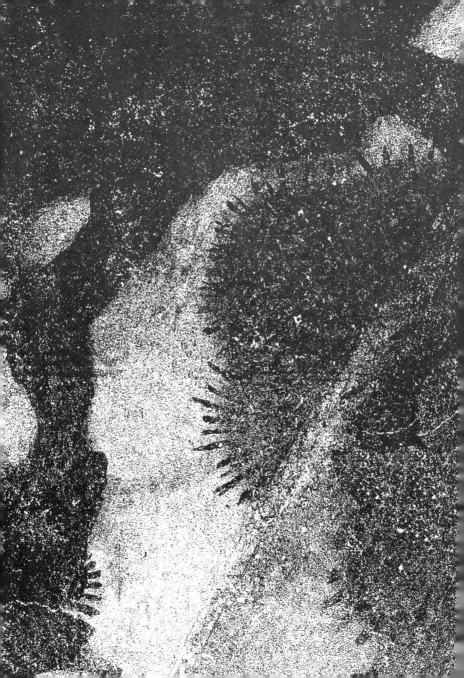

南山

顺着那些小路，南山
有时下来看看我
空气潮湿，紫藤突然黄叶纷飞
我笑了，仍然低头干活
"桌上有一杯好酒"

看过我的南山，没有回到以前的位置
不易察觉的偏差，记录了它的一次旅行

20160124

不在场的我

我们无休无止地挖掘地下室
我们无休无止地折叠真相
我们口吐莲花，聊天中的机锋
像迷恋某种看不见的杂技

只有在黄昏，一个人散步的时候
我才是羞涩的——
另一个我回来了，夕阳用最后的黄金
镀亮我心中深浅不一的沟渠

56

20160124

有业

昨晚老做荒凉的梦
师傅说，山下西南十里有妖
须无业之人斩之

剑太重，我拖着它疾驰
划破了很多道路

你斩不了我，那妖低头只顾喝酒
你是有业之人
来的路上，伤了很多无辜

奔跑的路突然止步
所以，你是回睡觉的身体里
还是坐下来和我喝一杯？

20160218

缺口

你们已经尽力了
世界被弯曲得几乎成了一个圆
弯曲得闪闪发光
像酒鬼倒出的最后一滴酒

还好，仅仅是几乎
不完整的圆，有着一个不显眼的缺口
这就是我的终南山
我隐居于此

20160224

病房

时间会在住院部 24 楼突然收窄
父亲的呼吸，时有阻碍
河床上不止横陈疾病
凶险啊，万物似乎要夺路而出

我从一本书里急急抽身
一个月了，那突然来到的漆黑
还在让我颤栗

城市也在楼下突然收窄
扑面而来的车流闪着白光
像一排排牙齿，而离去的车流
缓慢艰难，像一堆揉红了的眼睛

唉唉，上苍漫长的恩宠，时光的严厉催促
在我的惊慌中犬牙交错

20160226

吊罗山记

去年秋天，我在吊罗山散步
花香让空气突然稠密
而我一路走，一路丢失着
就像一棵迎风的树
一边走，一边从树叶里挣脱出来
只剩下了光秃秃的金属——

恩宠

允许我路过别的人间
然后回到一个名字里，坐井观天

允许我友善，也允许自带小毒
这么多年了，我这块埋了很多人的地
还允许开天真的花

允许我不悲，让附近露珠哭去
允许我常笑，所有文字还跟着笑
允许我不务正业，爱上植物学里
最忧郁的一个科

在崩溃的中年之河里
允许我拥有落日
允许傲慢如初，允许继续无聊
倏然半生，仍然没有一个人
能让我恨得起来

20160229

早起何为

早起何为，扫地看花
用今天的扫帚扫昨天的地
用古人的扫帚，扫我无用的一生
用一个时辰，从翻开的书
扫出去，一直扫到海角天涯
它弹回来时，消失于无形
原来我无所持握，只是在低头看花——
清晨的花是诗人
黄昏的花是禅师

20160302

秋风里的刻度

白纸，刚出生的婴儿

总是会让我微微眯眼——

未经世间涂抹的事物

仿佛某种强烈的光线

而墓碑，不管立于衰草还是鲜花中

更像是一本书的封底

仿佛意犹未尽，但是无从阅读

唯一确信的是，一切发生的

都在白纸上同时写下

世间以它的尺度，丈量着他

他也以自己的尺度，丈量着世间

我们的肉体免于无用

万物何曾不朽，只是秋风里的刻度

20160302

李花落

李花落了，参加婚礼的宾客各自散去
留下一个空空的剧场
它空吗？细碎的婚纱遍地洒落
当女人脱下衣裳
她们看上去更复杂迷人

饱满的子房沉默着，若有所思
在一粒果实里，天黑了下来
秘密的手工悄悄开始
欢乐的金线，痛苦的银线
来回穿梭，驱动它们的是
几亿年的漫长思考

齿轮咬着齿轮，金属摩擦金属
她们经过的小路
还原成闪电，又重新冷却
苦涩的经验，甜蜜的果肉
都在寻找着最美的样式
它们同时找到了——
那就是一滴眼泪的形体

还有很多路没有走过

又怎样呢，当她们在狭窄产房忙碌

照料明天的主人，推开层层栅栏

浩瀚的大海也不忍离开

它深陷在这渺小的果实里

仿佛困于自己的又一个身体

过张北镇

一生中，至少须两次过张北

一次你是帝王

马蹄搅乱了白云和黄沙

白云落在坝上，还原成羊群

黄沙落回河北，还原成村落

还要把大风，顺手系在那棵皂角树上

整个青春里，你都听到它的嘶鸣

另一次，你只是一个心碎的人

前面再美的草原也救不了你

你低着头，弯着腰

路也低着头，弯着腰

所有奔赴着的事物，只是强忍着

没有回头

20160309

铜铃山半日

一条小路，从树林中探身而出
迂回地观察着我
我携带的水潭已经安静
我的李花已落，山矾像新鲜的伤口
香气披头散发

整个上午，我也可以从躯壳中探身而出
和这条路一起，完成一次折纸
我的树林摩擦它的树林
它的湖水倒映我的湖水

一次旅行，就是把自己
从信封里犹豫着抽出
或者把一场雨对折
微笑着折叠的，需要
很多次无声的哭，才能重新展开

我和小路平行着迂回、上升

最终擦肩而过，旅行已不再危险

但仍旧令人惊叹

我们在衰老中各自折叠又展开，无关悲喜

只是带着一些时间的蓝色

20160320

给

这神秘的方程式已经结束
它并不完美，但似乎是对的

好吧，我把马留在这个故事里，只身向前
再没有一个名字可以淹没我，这也是对的

春天，不过是一场拉锯
宿命有着冬天的锯齿，我有着夏天的锯齿

曾经，你是我的好天气，也是我的坏天气
但终究结束了，唉，一个人的失败竟然如此之美

20160402

良宵引

你读到爱时，爱已经不在
你读到春天，我已落叶纷飞

一个人的阅读，和另一个人的书写
有时隔着一杯茶，有时，隔着生死

我喜欢删节后的自我，很多人爱着，我剪下的枝条
直到，奇迹出现了，你用阅读追上了我

你读到一粒沙的沉默
而我，置身于它的惊涛骇浪中

20160410

自度曲

漫长的青春里，我们都经历各种开花
一会儿百子莲，一会儿绣球，更多时候是各色酢浆草

我们需要繁茂，哪怕是很小的繁茂
心，需要蜷缩在这繁茂的一角

经历种种，或可逐渐拥有这样的心——
它无比矛盾，无比辽阔，像没有边际的大地

在只有衰草的时代，繁茂的世界
或许，可以暂时蜷缩到我心的一角

20160415

春风浩荡

一个低头折纸鹤的人，会把自己折成一只纸鹤
江水浩荡，一不小心她就被路过的春风带走

其实，她还是坐在那里，和家乡互相消磨
陆续折出了自己的中年和老年

不过是日出日落，不过是衰老的魔术
人还在，纸鹤还在，而心像悬在空中的一桶水

在等着早年被带走的自己，某日蹒跚而回
夕阳下，哑然一笑，再把它重新稳稳放回井里

20160416

十年间

日月之久，勉强够我泡好一壶茶

勉强够我攀登一本陡峭的书

有时负薪而行，有时采药忘归

勉强够我忘记一个人

因为爱她，我对世界持有偏见

而要纠正这偏见，十年好像远远不够

20160417

安居城小坐，兼寄柏铭久兄

有半日，我忘了自己是游客
就像一艘客轮，搁浅在一个院落
其实是乡愁在这里追上了我
把我按在一张藤椅上
邻家少年从这里出门，多年后的清晨
他母亲费力挤上长途客车
像把一封厚厚家书，塞进摇晃的邮筒
傍晚，她和我一起走进大门
"儿子啊，唉，他很好的"
脸上有一种未被拆封的失落
隔桌，有另一艘搁浅的客轮
有友好的微笑，属于玩手机之余
没敢回应，怕误会我有借荆州之心
关键是，她有荆州可借
我的荆州，外借未归，惆怅难提
我的半日，是半生之余
只够我单独发呆，顺便看古人留下的夕阳

20160421

蒲团

在黄家坝河滩上捡石头
我选那种又平又薄的，还都不鲜艳
它们排成一列，一个低调的家族
这个上面放茶杯，那个适合多肉小盆
所有我的日常，都因为它们
升高了一些，尊贵了一些
还要去捡更多的，我说
好像我这个短暂的肉身
可以无穷尽地拥有这些万古之物
让我千疮百孔的生活
随时可以升高一些，尊贵一些
多像一排小小的蒲团啊
这么想着不由一惊
还好，它们是坐不破的
我害怕坐破蒲团，害怕
从这漫长挣扎的一生中突然醒来

20160421

古城遇雨

还有很多山没登过，那又如何

还有很多人不认识

那又如何，至少避免了互相伤害

回忆让我语无伦次

让我单独到来，还会单独离开

雨中的安居古城，只有我一个人撑着伞

天空如倒悬之湖

那又如何，正好由一个人撑着

高处无人，那又如何

正好借半城雨雾和自己对峙

而一切别有安排

晴日忽至，城门大开

有人急急朝水边走

不由分说，要把两条河捉进桶里

20160421

过何斯路村

把揉进眼睛里的沙子
暂时取出来，我要舒服地看看江南
看看通往《诗经》的水路，不识皇帝的野鹅

我看到百年前，有人解甲归田
闭门多日，从心里掏出一个池塘
微澜恰到好处，淤泥恰到好处

他夜夜伏案，一生的山水
翻卷着，喘息着，挣扎着
心有不甘，但最终还是要收进一滴墨里

我看到几十年后，有后生从这里出发
翻过卧龙岗时，他意气风发
要用一手好字去挑衅天下

20160430

题古香樟

四百岁的香樟还在开花，它带到空中的漩涡
我摸了一下，足足四百年那么深

浓荫里的院落，对面的山丘和小路
构成回旋的曲线，像人生，总在某处意外收窄

倒影里，另一个世纪，也有几位半老诗人谈笑
唯有江南，古今可以一片旖旎，几分斑驳

啊啊，我探出的身子，忘记回到多年后的此刻
而一行白鹭，守着我，也忘了上当年的青天

20160430

还山

年轻时，遇到喜欢的山
我会带着它到处行走，带一座山
去拜访另一座山，像带着长江去拜访黄河

黄河有时云游未归，唯有河床
山有时也不在，留下我们在山门探头探脑
我们无所谓的，游兴不减

如今，当年的路只好重走一遍
——把它们送回原处
中年辛苦，是有很多奇怪的债要还

20160507

沉默的钟

沿着大巴山脉的沟壑，三个省攀缘而上
最终，鱼背一样隆起的峰顶，神田
它们汇聚在一朵贝母花上

那是一口银质的钟，已在遗传中磨旧

仍然不曾被谁敲响
就算是利器一样的风刮着它

我们背负的无人知晓的巨钟
被刮着，隐藏在草丛里的比贝母花还小的钟
也被刮着，成千上万卑微的物种啊

贴着地面，我听到了很微弱的声音
嗡嗡——嗡嗡——
莫名地颤栗着，恐惧又惊喜着，
辗转亿万年
嗡嗡——嗡嗡——

我们将在哪一个清晨敲响？

谁是那走过来的敲钟人

谁的耳朵，能放得下这成千上万口钟

发出来的巨大轰鸣

北屏即兴

一生中登过的山
都被我带到了这里，我昂首向天
它们也都一起昂首向天

一生中迷恋过的树
也被我带到这里，我们默契地
把闪电藏在身后

群峰之上，天马之国
可以挽狂风奔雷飞驰
也可以安坐溪谷，放下幽蓝的水潭
上面漂浮历年的落花

漫山遍野的山樱上
有忍耐过无数冬天的碎银
有鹰滑过的影子

这是适合我们的国度，总有狂野之物
和我一样，友好而忍耐
但不可驯服

20160510

写字

写字的时候，我开始飞
下面是汹涌的海浪，上空乌云翻滚

其实我是在一个字的里面飞
我看见落日，也看见搁浅的船，荒凉的坟

多苍老的汉字啊，它的经历
都还在，笔画之外的虚空有如夜色

其实我也在自己的虚空中飞
拖着走过的路，爱过的人，拖着我迷恋的国度

当两种飞行重叠，我在刚写下的字上
看见了自己的影子，一掠而过

20160511

半山小驻

走到半山，我被什么绊了一下
这世上有很多绳子，有的在打结，有的在飞

我趔趄了几步，真希望就是那一根
从遥远青春扔过来的那一根

很多年都没有伸出手，我不是绳子，不是飞行
只是一个结，白天解开，晚上重新打上

走到半山，阳光下的草、树和小路
完全没有打过结的痕迹，它们只是在飞

在飞，鸥鸟扯着海岛，白云扯着大海
在我刚才的趔趄里飞，又像，一起伸出了手

帮我接住那一根绳子，它真有这么长
刚好扔进这个黄昏，而且，完全没有打过结的痕迹

20160518

蝴蝶

整整十年，她爱着。爱着的她住在一只蝴蝶结里
世间万物死去活来，有如一场大梦

整整十年，他都在删字，在要对她说的话，要寄的信里
被删掉的字并未消失。它们积累成为一片沙漠

我只是路过，从轻轨上，忘记了一路跟随的黄沙
我只是爱上一只蝴蝶，它飞过沧海，前面还有群山

时间已经不多。我写作，仍不能减少它们的跋涉
谢谢上苍，也许活着正是因此而格外有趣

20160523

无尽夏

在一个遥远的早晨，我醒来
借助发黄的报纸，一封信的局部
我重新走上那条沉闷的街
每个人都悲伤着，鸟儿从他们胸膛飞走
再也没回来。我就应该在那里

每个人都互相隔着铁丝网
在那无穷尽的夏天，我想偷偷渡过河去
一个人想代替电影里的所有人，去死
但是什么也没发生，多少年了
夏天还在，铁丝网还在，我得继续活着
让身边的一切显得多么荒谬

20160527

梅岭闻二胡曲

岭上多蛇，也有良木
蛇喜幽暗，树爱春风
活着时它们各有各的沉默
死后却要共同发出声音

把听到过的，日日复习
风的啜泣，落叶的翻身
人间的低声呼号
直拉到千曲百折，幽幽发光

多年之后，持琴人忽有所动
琴弓瞬间竟有倾山之重
月光下，一条江被他拉到空中
盘旋良久，才穿堂过户，不知所终

20160528

有风

真是好风啊，把我的头发吹白，再吹黑
把一群人吹走，又给我吹来一只茶碗

我在梅岭之上看江西
看到花花世界，被吹开一条缝

露出故国：它被吹得只剩一根骸骨
而且发出金属之声

古道的那一头，端坐一中年书生
风吹得他落叶纷飞，老泪纵横
姓氏只剩下偏旁，茫茫半生，已作云散

还好，给他留下彻夜抄就的经书
北风再起时，和他齐齐仰头，狮子怒吼

20160529

题新田村古榕树

忽然老了，也很好，清晨独坐
因为回忆而披头散发

左手扶着自己，右手牵一条小河
身影下全是尚好的后生

烛火照亮的，是举着它的手
而他只做闪电，照亮无数空中的路

他赤着的脚就是故乡，故乡一直在下沉
他须每日掘地三尺

他也远行，只需想一下就到了对岸
想得越久，就走得越远，无人可以阻挡

他是自己的古井，日日淘洗
放下今日之桶，提上晋朝之水

想过的，不想过的，都成了生活
一个绝望的人，最终成了星星的巢穴

他想起谁，谁就在人群中惊醒，但无须回来
这多好，他有繁茂的独处，他甚至不需要一个敌人

每至午夜，更老的银河必倾泻而下，这多好
四季轮回，不碍他久坐于上一个世界的落花中

90

玛曲

我来的时候，黄河正尝试着

转人生的第一个弯

第一次顺从，还要在顺从中继续向东

这优美的曲线其实有着忍耐

也有着撕裂，另一条看不见的黄河

溢出了曲线，大地上的弯曲越谦卑

它就越无所顾忌

它流过了树梢、天空、开满马先蒿的寺庙

流过了低头走路的我

它们加起来，才是真正的黄河

可以谦卑顺从，也可以骄傲狂奔

只要它愿意，万物

不过是它奔涌的河床

20160709

倒提壶

在甘南，想找个虚无之所
放下行囊——我一直提着的
斑驳风景，半生平庸

山下，等我的朋友提着青稞酒
山上，一大片倒提壶
提着从春天开始收集的蓝色

隔着栅栏，逆光中劳作的妇女
没有任何想放下来的
她像一粒露水，用倒影
提着这个无所用心的世界

20160710

巴山夜曲

夕阳镀亮了远处的山坡
有人，赶着一群云朵走过

我激动着，为偶遇的蝴蝶
以至睡觉前忘了关好身体的栅栏

清晨，我推开窗——
漫山遍野都是我的羊群

雪白的你隐身其中
我都差点没认出来

20160803

极北之地

清晨五点，一个人坐在河边
看着更北的山林
身后，从重庆到漠河
无数在夏天熟透了的省份
都变成了我的南方
身后，我穿过的四季
青春的列车，额角的霜
大片倒向后方的光影
都变成了过去，多好的朝阳啊
镀亮我经历过的一切
像起伏的大兴安岭，命运
如此幽深、宁静
很意外地，我发现——
自己并不想回到任何一个年龄
爱过的人
我并不想以任何方式再见

20160817

稠李

在洛古河村，一年有三个月

万木葱郁，遍地野花

稠李也在霜冻前结出黑色的果实

小心地咀嚼着它

强烈的涩，让我想起九个月的冰雪

让我想起，自己差不多十年融化一次

长达十年的涩啊

之后，才由上苍安排出

鲜美的果浆味，短促、羞涩地

涌到舌尖，像有限的安慰

更像委婉的训诫

20160817

谈禅之夜

野草突然向道路涌来

像人间边缘的荒芜，它们

碰到缓慢的车轮，就更缓慢地退下

气温在降低，但温度已不重要

山上一定是清凉的，特别是有寺的山

特别是藏经无数的寺

那藏书中永不融化的积雪啊

明月高悬时，我们坐于临空的楼台

听琴中的流水，看经里的群山

数不清的沼蛙，端坐在石缸周围

从荒芜中抬起头来

我们其实端坐于各自的命运中

不明生死，偶尔心有所动

拜访了很多山，但终究让自己置身事外

而荒芜依旧，渐渐地

忘了自己也是一部经书

也不再深究明月为何物

20160820

法王寺之晨

一夜无风，山林沉默
有如睡在墨色的海底
蝴蝶、草木和我的边界逐渐模糊
晨光中，一切各归其位
蝴蝶领回翅膀，竹林
领回一节节的空洞
我领回重新轻盈的肉体
夜晚我们聚拢，不分彼此
早晨各自散开，重续恩仇
做梦的我，全部的微粒
也聚积成一团星火
而醒来后，在清晨的散步中
它们各自退回原地
在法王寺，这个过程特别清晰
我深知构成自己的，是这些微粒
更是它们之间
那些精心设计出来的距离

20160820

当我放下笔

写作的时候，我弓着腰
紧紧地抓住一切事物，就像荒草
搂抱着磨砺过它们的砂石

当我放下笔，被抓紧的一切
突然停下，线条从纸上滑落
还原成山坡，我走过的崎岖小路
收缩进远方的山谷

围坐在一起努力微笑的人
回到窗外，拥挤的车厢
回到他们凌乱的家，依旧不知所措

20160825

东风令

黄安坝，一堆密集的香青花上
提着相机的我迷路了

小路在花朵间熟悉地蜿蜒着，一切恍如当年
啊啊，我的春风，你的玉门关

不是地图上那种迷路，以为走了很远
转个身，只不过回到了更惆怅的人间

菊科，香青属，像是用纸剪出来的
请再给我一次，用纸剪出来的理性和秩序

让我回到初秋的早晨，回到香青花之间
让那头猛兽，在我身体幽暗深处重新蹲下

20160831

北屏乡安乐村遇雨

像是什么被砍伐，木屑和枝叶倾盆而下
所有无助的，都潮湿、易碎，自暴自弃

西边的夕阳，回头看着这一切
表情很不肯定，它有一颗复杂的旧时代之心

我们踩着雨的碎片，像在一部电影的角落里走着
白天经历的，或者幻想的，沿着山路迤逦徘徊

一半成了金属粉末，一半成了飘浮的夜雾
而夜晚只是一个漩涡，缓慢旋转着还在挣扎的人们

穿过一次很小的生死，清晨，云朵像被吸到空中的枝叶
我临窗伫立，光秃秃的，像又一次失去枝叶的树干

20160901

九重山

多年后，我仍留在那座不可攀登之山
有时溯溪而上，有时漫步于开满醉鱼草花的山谷

它和我居住的城市混在一起，我推开窗
有时推开的是山门，有时是裳凤蝶的翅膀

夜深了，半人高的荒草中，我们还在走啊走啊
只是那个月亮，移到了我中年的天空

几乎是我想要的生活：堂前无客，屋后放养几座山峰
前方或有陡峭的上坡，不管了，茶席间坐看几朵闲云

依旧是一本书中打水，另一本书中落叶
将老之年，水井深不可测，每片落叶上有未尽之路

20160901

黄河边

一切就这样静静流过
云朵和村庄平躺在水面上

像一个渺小的时刻，我坐下
在无边无际的光阴里

悲伤涌上来，不由自主地
有什么经过我，流向了别处

每一个活着的都是漩涡，比如马先蒿
它们甚至带着旋转形成的尾巴

蝴蝶、云雀是多么灵巧的
我是多么笨拙的，漩涡

有一个世界在我的上面旋转，它必须经过我
才能到达想去的地方

20160906

飞云口偶得

没有准备地，突然看到这么多黄昏
而我们的黄昏不在其中

仍然是被流放的旅途，是各种黄昏交织的肉体
我们的拥抱，刚好形成彼此的喘息之所

也是没有准备地，两条完全不同的道路
穿过了同一个宿命

难道我们是彼此狭窄的入口？每次相逢
重新进入变得愈加陌生的人间

我们的爱，是彼此之间不断扩大的莽莽群山
是群山从笛孔中夺关而出的嘶嘶声

照过我的月亮，多了一些斑点
被你读过的诗，永远带着一处不显眼的缺口

20160916

南湖感怀

载着众人的船在夜空下滑行，悄无声息
低头，湖的镜子映出我心中的暮色

湖也低头，顾不上他人沧桑。一边是江河入海的催促
一边是坐而忘机，忽而天高天淡

但是它紧挽着的星辰和云，并没有放下
被裁剪时，突然的悸动并没有放下

它像那个紧锁眉头的中年人
沿堤而行，心事重重，怀抱着历年的砂石

忘却是艰难的，仿佛十万架钢琴要沉入深渊
就像，我曾经历过的那样

20161025

范仲淹的岳阳楼

它是纸质的，悬浮在另一个洞庭湖
永远水域八百里，永远芦花无边

被阅读一次，就醒一次，甚至重建一次
掩卷的人，起身。一座属于他的岳阳楼，也起身

荆棘中起身，楼梯上，擦身而过很多明清书生
要登到第几层，能看清自己的荆棘和黑暗？

朝代不同的人，都曾在这里孤独凭栏
而同一颗南方的星辰始终照看着我们

20161026

君山行

曾经汹涌的浑浊波浪，夏天后，已逐渐退下
最后那一部分回到空中，飘浮流连，似有不舍

魔幻之岛，由此回到现实和尘埃中
人们沿着便道往来，成群结队如夏天的鱼群

我听不到洞庭湖的曼妙之音
眼前是一个被遗弃的巨大琴盒，而琴已远去

湖底变成沉默的沙地，一切平静得让人不安
仿佛是精神病院中庭那样的平静

20161026

濑溪河畔有所得：题夏布小镇

世事无可避，如濑溪河水
密密匝匝，拨之有金石之声
先民知不可避，所以白日浣纱
晓夜习字，顺势借流水之力

110 万物如满载之舟，半舱欢喜，半舱虚妄
半生河水冲刷，半生笔锋勾勒
直到跨出躯体，去一匹夏布上开作繁花
朝代更迭，河水、苎麻和先民的手
依旧在一缕纤维中相生相克，忘却自我

我沿着河堤走着
一边海棠初开，一边春水沉静
倒影里他们还在交换手势
有如李白邀月，起身共谋旷世一醉

风雨桥头，几位老人脚步蹒跚
身体里沤好的苎麻，是继续沤着
还是突然提出缸来漂洗干净
而菜花深处，小镇如失而复得的旧文
隔世胜景已悬空百年
蓦然回首，它竟转眼重返人间

我有待漂的纤维，也有生疏的行草

有郁郁的雨，也有春天的黄金

时光在河水中淘洗着我，在大地写着我

有如荣昌织女俯身，胸有成竹

她早就用双手安排好了一场锦绣

嵩山之巅

滑过的雪，没有滑过的雪
被宠爱过的，被侮辱过的生命
都会回来，在某个阴雨的下午
在一片萧瑟的嵩山之巅

遍地春风的时候
我还独爱这群峰之上的萧瑟
沿着四周险峻的小路
逝去之物正在汇聚

唯有萧瑟之人，才能看到它们
他走着，步履迟滞
因为昔日的滑雪板擦着头顶飞过
某对恋人，再度漫步在他的山谷中
一个下午，无数日出日落交替

唯有萧瑟之人，收容了它们
今年、去年甚至更久远的雪花
雪花一样的事物
在阴雨中，一步一步
把它们仔细推敲、衡量

20170404 河南巩义

笔架山前想起杜甫

公元 712 年，窑洞里的出生

仅仅是准备

那不是一个好年代

连没有信仰的人，也在受着伤害

连无可守候的生活，也在失去

写作，是一个人的再次出生

汉语以千载积累，为这一次出生

准备好了古老的起落架

让他每次飞行后

还可降落在同一星球

但是，每一次都有断裂的轨道

每一次，都有尖锐的摩擦

他和汉语的边缘同时发红，互相消耗

而地下千尺的大鱼，莫名惊醒

所以，他的旅行

远不止于旧山河里的辗转

还有星空，还有诗句之间

深渊般的苍茫

千年后，窑洞还在

庭前长出了新鲜的皂角树

借助阳光下的童声

他的旅行，那低声的咆哮还在继续

而背负虚妄大地的巨鲸

在我们的迟疑中，睁大了眼睛

给

做梦的时候，我创造了一个世界
它悬空在时间以外
写作的时候，我创造了另一个
没法独立，它镶嵌在身边世界上
就像教堂的彩绘玻璃
允许别处的光透进来。剩下的时间
我才断断续续地存在于这个世界
我们的相爱程度
决定了我和它互涉的深浅

20170415 河北馆陶县

容器

只有从未离开故乡的人

才会真正失去它

16 岁时，我离开武胜

每次回来，都会震惊于

又一处景物的消失：

山岗、树林、溪流

这里应该有一座桥，下面是水库

这里应该是台阶，落满青冈叶

在陌生的街道，一步一停

我偏执地丈量着

那些已不存在的事物

仿佛自己是一张美丽的旧地图

仿佛只有在我这里

故乡才是完整的，它们不是消失

只是收纳到我的某个角落

而我，是故乡的最后一只容器

20170601

暴雨如注

那是个暴雨的下午

我伸手叫了辆人力三轮车

自行车改装的三轮

摇摇晃晃在泽国前行

骑车人拼命蹬着

和缓慢的车速比起来

他大幅度的动作简直像挣扎

前面水更深了

我一边掏钱，一边叫停

怕他的车陷在积水中

让我意外的事发生了——

他拒绝收我的钱

掩面疾驰而去：我们是同学……

我追着跑了几步

还是没能看清他

有好多年，我都像那辆挣扎的三轮车

深陷在那个下午

暴雨如注，皮鞋突然灌满冰冷的水

20170601

天色将晚

我有一个忘年交

很多年，在嘉陵江上修建大坝

很多年，建造悬崖上的公园

在公园最高的地方

他还有了带露台的住宅

那应该是看湖最好的地方吧

我经常设想：从露台上俯身向下

一生高低错落，尽收眼底

那该是何等气象万千的黄昏

终于，有机会去拜访

置身于想象了很久的露台

有点震惊：密布的灌木让它像一口井

天色将晚，他也体态臃肿

似乎无心回忆，也无心观天

看起来，一切都不适合俯身向下

20170602

形同虚设

我想起了另一件事
曾经有一群犯人住在悬崖上
那里山水迤逦，对岸风物伸手可及
但他们眼前只有高墙
塔楼上，始终有一个哨兵
120　他也背对着风景
紧盯着院内，两眼一眨不眨
有时我们是犯人，有时是哨兵
那又如何，很多的一生里
命运不曾提供一次眺望的机会
高处无意义，风景也形同虚设

20170602

川续断

如此沉重的头颅
如此纤弱的身体

清晨，还要挂满露水，再挂满蝴蝶
黄昏，还要加些盛年，再加些暮年

它微微摇晃了一下，又努力站稳
还能如何，谁不是站在时间的悬崖上

又一次，在如此渺小的容器里
宇宙放下自己的倒影

又一年，它们复杂而甜蜜的齿轮
在黑暗中运转，朝着不可预测的未来

世界或许正由此进化，永不停息
有时凭借它们的奇特思考，有时凭借
它们突然遭遇的阵阵晕眩

20170606

无花果

这肯定是疼痛的，也是漫长的
把大地缓慢地卷成一个果实
它一个春天，需要几十万年的缓慢

像一张地图
把北京、上海、乌鲁木齐、三亚
卷起，这些多汁的籽终于挨在一起

但是怎么能紧紧抓住所有的
特别是春风四起的时候
在我的惊呼中，有一个省正快速滑向你

这肯定是疼痛的
是几乎不可能的，如何能把一场暴雨卷起
如何能……唉，那青春里的泥泞

肯定需要几十万年，才能把星辰
缓慢地卷在一起
夜空，这张不再发光的旧桌布

多少道路，会在这个过程中折断？

我这年久失修的桥，承受着无数悲愤的自己

就像承受着无数飞驰的货车

终于，没有花了，也没有日出日落

一切都卷到里面，包括我们的一切

眼前，没有了世界，只有世界的背影

西樵山上小坐

车停了，一群樵夫从假苹婆树下走过
砍伐自己多年，他们已略有倦意
现在景致正好，天下无须照顾
观音放下全身的铜，低头看自己的手印
思衬百年的书生，三三两两回到地上
我们心里是否仍有空地，放得下一个茶桌
万事沸腾，终究半凉
这无边空蒙，正好收进一盏茶里

20170607

庆云寺

一个终于穿过蝶群的人，在寺院里踱步
半生收集的斑斓经书，想在这里偷偷放下

钟声起了，从里往外，今天有异样的笨重
一圈游客，一圈建筑，一圈林木，都在暮色中摇晃

黄袍僧人若无其事，安静扫着台阶
他扫右边，春风扫左边

借过，借过，憨山大师抱病上山，有如抱一堆未读完的书
我侧身而立，恍然间，两个时代共用同一条山道

不敢妨碍他回到那口钟里，也不敢叫醒游客、建筑、林木
他们像佛珠，都在他的手指间安静转动

地球也在转动，围绕着他的轴线，还是我的？
蝴蝶乱飞，难道我们还消磨了同一个白昼？

还是下山吧，我也有很多未读完的书
春风里，我挽着山间潮湿的黄昏。他走左边，我走右边

挽着黄昏的很多层台阶，很多层钟声
它足够美，只是带着一点顽固的药味

126

菡萏

每种植物，都有自己的登天梯
荷田里，无数花苞一夜间挺破了水面

微微敞开，就像酒杯斟满晨光，它们在微风中互相庆祝
而最高的那一枝，保持住一滴泪水的形状，一动不动

它被这样的高度惊呆了？
仿佛没作好准备，从此自己成为一处悬崖

这是一条无法回头的路，这一小块虚无
醒来，而且摸到了空中垂下的金线

这是一条荆棘丛生的路，这一小块淤泥
必须从连成片的淤泥上，挣扎着把自己撕下

它被这样的高度惊呆了？昔日拥抱在一起的伙伴
下沉，再下沉，转眼成为它的深渊

在这一个瞬间，整个世界也保持着各自的形状
一动不动，等着它，接受自己的宿命

20170723垫江新民镇荷田月色景区

木叶

弯曲着，轻轻含在口里
你听到的不仅仅是香叶树的声带

坡上的玉米叶，沟里的火棘叶
高山湿地的无边际草叶
都交出了自己苦涩的声带

一片树叶和一个人的相遇
如此逼仄，也如此辽阔

云贵高原以最后的延展之势
俯冲下来，穿过他
并把沙哑的部分，留在他的声带上

20170818

黑丽翅蜻

沿着田间小道，黑丽翅蜻稳稳地飞着
小道向左，它也向左

习惯于这样的丈量
人间的道路，在它们翅上纵横交错

它们宽阔的后翅
满载黑色金属，仿佛源自另一个世界

习惯于，跟踪拍摄黑丽翅蜻
它向左，我也向左

在屏幕上，无数张照片串在一起
像一座发着光芒的黑色运输带

习惯于这样的搬运
如同我们，永远不知搬运何物

来的世界，已经遗忘
去的世界，一片苍茫

20170819

赤基色蟌

雄性的赤基色蟌飞起又落下
性别在翅膀一角耀眼地红着
它扑向自己的倒影
却永远无法把它带到空中
这奇怪的结果，让它一再尝试

130

雌性早就看穿了这一切
昔日的深涧，已成危险的人间
它删去了红色，不再游戏
一有响动，立即隐身于悬崖高处

像一个倾慕者，隐身于哈佛大学茫茫书架
低头看着抒情中的希尼——
他在英语的水面，一再降落
试图抓住自己的倒影

20170820

忆西湖

还记得，骑着自行车
从漫天黄叶的灵隐寺下山
我们张开双臂，那一瞬间
倾斜着的西湖
像一个微微发光的漏斗

很多年了，不再骑自行车，
也很少张开双臂，只是默默喂养着
用经历过的倾斜群山和城市
用那些追悔莫及的时刻

又一次，在西湖边坐下
我们聊天，辨认彼此的锈蚀
谈论到各自喂养的小湖
一切突然安静，就像
有什么重新穿过我们
悄无声息地回到湖水之中

20170827

蒙顶山下饮茶记

我举起的茶盏，让四川盆地微微向西倾斜

蒙顶山从席间重新升起

我们之间，隔着无数场不甘心的夜雨

都是千年雕刻之物

我，一个尘世里倾斜的人

披荆斩棘已久，伤口里汲水已久

一切似乎远未完成

来吧，蒙顶山，和我一起倾斜

倾倒出更多的井水或万古愁

人间略苦，我们仍欠它一杯甘露

20170927

龙潭湖的傍晚

整个下午，都伸长脖子观察昆虫
把自己缩小，再缩小，努力挤进更小的世界

无论多么小心，我的加入
还是带来了无数风暴和悬崖

捕食者失去猎物，萤火虫逃出生天
一个多出来的家族惊魂未定地飞过了湖面

两个世界互相重叠的瞬间，通过某些间隙
同样，一定有什么深深嵌入到我生命中

啊，那些不可知的风暴和悬崖
我已经很多了，也不在乎拥有更多

又一次，我被重新组合。还好，多出来的萤火虫家族
将照着龙潭湖和我的茫茫余生

20171009

望乡台瀑布

那群戴红帽子高谈阔论的游客
一定未被选中。举着手机自拍的
连同她美白后的脸，也一定被排除在外
手持钢笔速写的人，画到飞沫时
突然觉得身体一轻

他只是被它掂量了一下
还是被放弃了……莽莽群山
川流不息的云，灌木丛中最后的黄叶
都被放弃了

它选择了一场路过的雨
选择了路过的我，但又不是完整的
只是它能理解的那一部分
而且，只是一会儿
就在我仰头望着它的时间
那一部分我被高高举起，又掷向深谷
多么痛快的彩虹般的一跃
只是一会儿：我被悬挂在另一个天空上
下面是美丽的深渊
而它，只是路人，由沉思中惊讶地抬起头来
唉，只是一会儿，我们又各自
回到自己的肉体中

就像两条路，短暂地交叉后各奔前程

我们行色匆匆，依循各自的神秘公式

展开不同的宇宙

即使在同一个天空下

我们带走的，也绝非同一个月亮

我仍旧是那个固执的路人

总是在掂量，总是在挑选着别的事物加入

最终又把它们全部排除在外

无限事

每一条幽深、绵长的小路尽头
是否，都有一个懊恼着的人
回忆着错过的路，夜深人静时
一个人在台灯下的崩塌

那些失去的无数的自己，在小路沿途徘徊
他回忆着，一切正慢慢聚集
"这样已经很好，我和你
都同时活到了这个秋天"

在这一瞬间，他微笑了一下
仿佛和月亮一起拨动了隐秘的指针
同样残破地活着，这个彻夜徘徊的人
因为懊恼，比我们更好地保持着完整

20171013

北山夜游

那些祈福的走了，那些掠夺的也走了
这世上，仍然这么拥挤
我们成群结队地夜游
看过诸佛，又看一个坏人留下的好字
你说，坏人为啥能写这么好的字
为啥坏人的字还能保存得这么久

经常是这样，在人群里茫然地走着
栖身于奇怪的问题
其实分不清楚身边走着的
是低眉的菩萨，还是比我更茫然的石头

或者，我们都是这些石头
只是轮流在世间走动，喝茶、吟诗
倾吐缓慢如千年的风化之苦
最终，我们都要放下骑了一生的白鹿
回到北山的石壁之上

或者，在另一座南边的山下
一群人走着，其中有一个茫然的人
是我的菩萨，我们错骑了彼此的白鹿
这不是错误，只是上天有趣的安排
他一定还安排了另一场夜游

让北山的夜游人，拥有
工匠们精雕细刻的法相，让山巅诸佛
做一天人间的悲欢血肉
让另一块茫然的石头，比如你
在南方低眉俯视着我
我必须赞美，赞美你成为我的菩萨
以及，这其中曲折而漫长的因果

20171014重庆大足

一个生病的人解放了自己

一个生病的人解放了自己，他的身体
停留在病房上，开着门
像一个空房间，主人暂时不在

这个生病的人，离开了自己的中年
他穿过窗户，向上升起
却紧紧抓着自己的青春和童年

他带走了看到过的所有事物
这件事情既美好，又残酷
我们和病床留在原地，呈黑白色
因为所有颜色也获得了解放

我们不知晓的庞大电影
也被带走。也许，要经历一次轮回
一切才会回来，包括他
包括我们脸上的血色

20171018

丽江

没有深思，甚至没喝一杯咖啡的一天
就这样结束了。还好，天空很蓝

这里的人间太浅，一不小心
我又露出了自己的刺

瓦上开满低矮黄花，溪里晃动修长水草
古城为所有事物准备了尺度，包括我

只是一天太短，那么多悬空之人
我来不及，给他们准备好下来的梯子

每一天都过得不像自己，但加起来
还真是他们的一生。在哪里，也没人例外

20171021

菩提树

它照顾着一座空山的寂静

一边接纳我，一边安抚被我打扰的一切

其实我来了，山也仍然空着

万物终会重归寂静

两种寂静的差异

让它结出了新的菩提 141

20171023

偶遇

医生的快艇，像一把手术刀划开水面
在被麻醉了的亚马孙河域，在黑夜

另一个我，是身体里的万年沉船
我穷其一生无法找到，他真的行吗？

探照灯扫射着水下的车间
它们建造在那里也有万年之久

他将困于那里，还是找到昏迷的工人们
让流水线继续为我运转

幸运的是，他精疲力竭地上岸了
他回到了手术室，回到了同事中间

"好险，一个快要崩溃的大海
被我重新缝回你的身体里。"

我们碰了下杯，彼此祝福
假装一切圆满，没有任何被忽略了的细节

20171023

塞罕坝

我梦见，塞罕坝的林间漂流

橡皮艇搁浅在草墩上

而我离开，像一根空心的茎

融入无边的草色

周围的一切，正随着微风穿过我

让我的身体微微颤栗

我并不知道，睡着的自己

只是短暂搁浅在原地，而时间之水继续

它并没有向前，他只是转了一个好看的弯

等着我醒来时重逢

我还记得，你说过

死亡也是这样，搁浅在一个名字里

而时间之水继续

它会拐上一个多大的弯呢

好多年了，你有没有和它重逢

如果重逢，会是在哪一个湖面上

20171111

七星湖

湖畔的亭子，像一艘沉船

被无边的秋色淹没

掠过湖面的风，吹得我们衣裳乱飞

露出甜蜜而腐朽的身体

昔我往矣，它不知道

十里春风吹我，也吹不出涟漪啦

比不上风中的一只甲虫，这微型的博物馆

收藏了几十万年的颜色、斑点和线条

但是无从解读，也比不上

你手臂下那本假装被读的书

那是时光里另一艘沉船

翻译时，沉没在两种语言之间

那些颜色、斑点和线条

那些昔日之我、十里春风

那些水手和乘客

都陷入了无边无际的睡眠

现在就是移开你的手臂，换成我的

也不可能让它们醒来

20171111

巫山红叶颂

这是严峻的时刻，隆冬将至
一切甜蜜的须加速腐败
这是爱的终点，是结束回忆的时刻
是放手的时刻，让江水落回河道
大地落回地平线以下
一切虚构在空中的，终将烟消云散
轮到你了，没有人能绝处逢生

所以，这不是为爱揉红的眼睛
不是朝阳，不是深夜的炉火
只有严峻的时刻，只有万物寂静
只有突然的陡峭，只有用到最后的人生
这是无声的红疼痛的红
在世上辗转万年，滚烫的诀别的红
这是天地最后的慈祥
为你，也为坡上就要冻僵的蚁虫
为下个轮回，巫山展开了十万件耀眼的袈裟

20171204西行车上

窦圌山顶

这里的风，能把一切吹轻
吹得草叶翻滚，忘了自己有根
吹得树木举翅，以为自己是鸟
只有我，在风中纹丝不动

146

我有太多的未知
如果能把它们折成一架纸飞机
从山巅迎风送走
或许，我也可以翻滚或举翅

我只是这么想了一下
风就停了，草叶回到了草叶中
树木也回到树木中
整座山和我一起
再次陷入各自的未知

20171219

衣冠冢

天空那么蓝
一定有很多蓝聚集到了一起

我们每个人，都交出了自己的一小块
只是并不知道

有些事情不可提及，比如蓝
比如时光对我们的冶炼

我们混在游客中，沿台阶而上
寻找李白的衣冠冢

我们不知道自己和天空的关系
或者，假装不知道

我们已经不再拥有蓝
只拥有衣冠，只是可以移动的某种纪念

20171219

给

听起来不可思议，我真的迷恋着
一枝玫瑰有刺的部分
我还依赖，你的缺点发出微光
把整个人慢慢照亮
我喜欢一根铜线里的黑暗
黑暗到足以藏好全身的火花
我爱这温柔又残酷的人间
爱那些失败者的永不认命
我爱废墟，爱有漏洞的真理
我甚至爱我们的失之交臂
因为，它包含着上述的一切
此生的永不再见，不像结局
在茫茫无边的轮回中，更像
我们故事的序曲

20171222重写

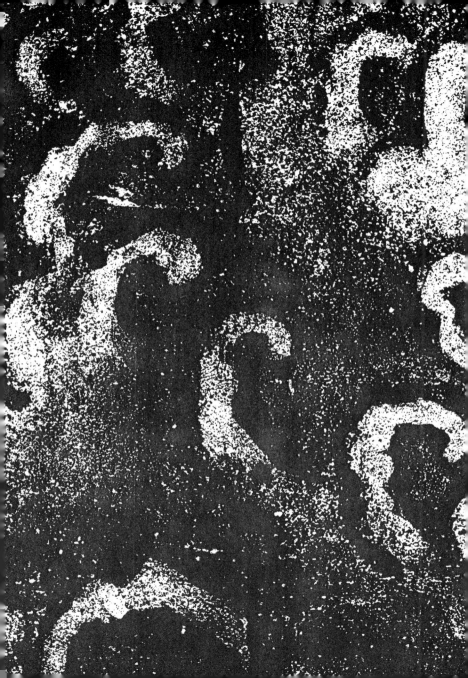

李元胜诗歌创作年表

（诗集 22 部）

《校园草》（1981—1983）

《我和我的城市》（1984—1985）

《独白与对话》（1986—1991）

《他们》（1988）

《花剪与玫瑰》（1986—1990）

《另一个有相同伤口的我》（1987—1989）

《玻璃箱子》（1990）

《迟疑》（1991—1992）

《光与影》（1992—1993）

《树叶上的街道》（1994—1997）

《纸质的时间》（1998）

《重庆生活》（1998—1999）

《身体里泄露出来的光》（2000—2001）

《景象》（2002）

《尘埃之想》（2003—2005）

《因风寄意》（2007—2009）

《总有此时》（2010）

《无限事》（2011—2012）

《我想和你虚度时光》（2012—2014）

《命有繁花》（2015—2016）

《忘机之年》（2016）

《沙哑》（2016—2017）

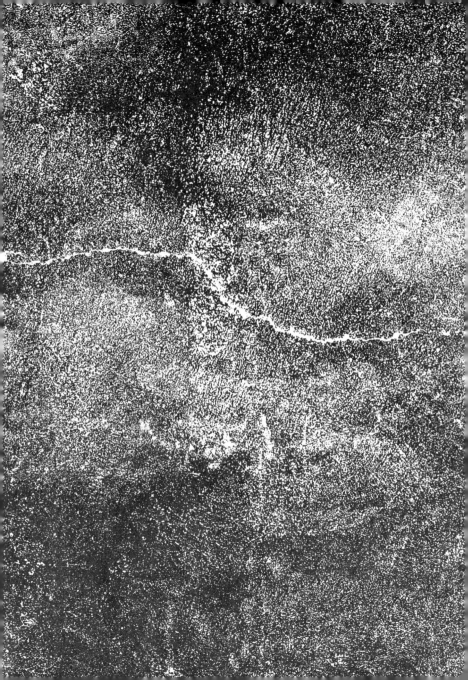

《李元胜诗选》

重庆出版社 1994 年出版

选自《独白与对话》《花剪与玫瑰》《另一个有相同伤口的我》《玻璃箱子》《迟疑》《光与影》

《重庆生活》

重庆出版社 2003 年出版

选自《树叶上的街道》《纸质的时间》《重庆生活》《景象》

《无限事》

重庆大学出版社 2012 年出版

选自《尘埃之想》《因风寄意》《总有此时》《无限事》及部分早期作品

《我想和你虚度时光》

重庆大学出版社 2015 年出版

选自《我想和你虚度时光》及部分早期作品

《时光笔迹》

重庆大学出版社 2017 年出版

跨界作品：诗歌主题手账

《独白与对话》

西南师范大学出版社 2017 年出版

1986—1989 诗选

《纸质的时间》

中国书籍出版社 2017 年出版

1990—2009 诗选

《沙哑》

重庆大学出版社 2018 年出版

选自《命有繁花》《忘机之年》《沙哑》

《天色将晚》

中国青年出版社 2018 年出版

《诗刊》2017 年年度诗人奖获奖作品及历年精选

图书在版编目 (CIP) 数据

沙哑 / 李元胜著 .—重庆：重庆大学出版社，
2019.1
ISBN 978-7-5689-1354-6

Ⅰ.①沙… Ⅱ.①李… Ⅲ.①诗集—中国—当代
Ⅳ . ① I227

中国版本图书馆 CIP 数据核字（2018）第 217801 号

沙哑
SHA YA

李元胜　著

策划编辑：陈晓阳　　张　维
责任编辑：李桂英
责任校对：邬小梅
责任印制：张　策
装帧设计：typo_d

重庆大学出版社出版发行
出版人：易树平
社址：(401331)重庆市沙坪坝区大学城西路 21 号
网址：http://www.cqup.com.cn
全国新华书店经销
印刷：天津图文方嘉印刷有限公司

开本：787mm×1092mm　1/32　印张：5　字数：89 千
2019 年 1 月第 1 版　　2019 年 1 月第 1 次印刷
ISBN 978−7−5689−1354−6　　定价：49.00 元

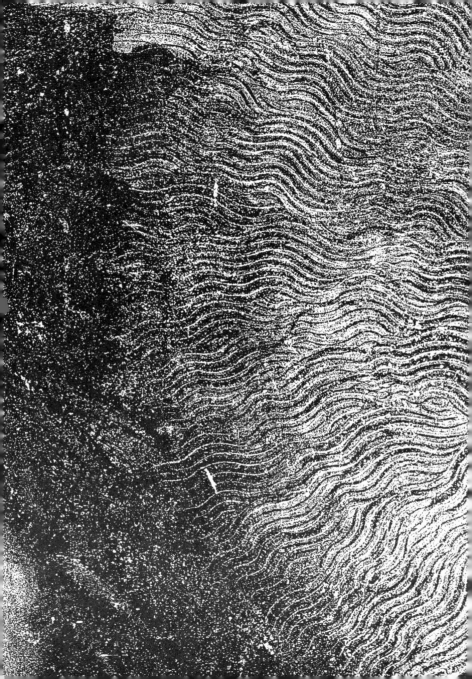

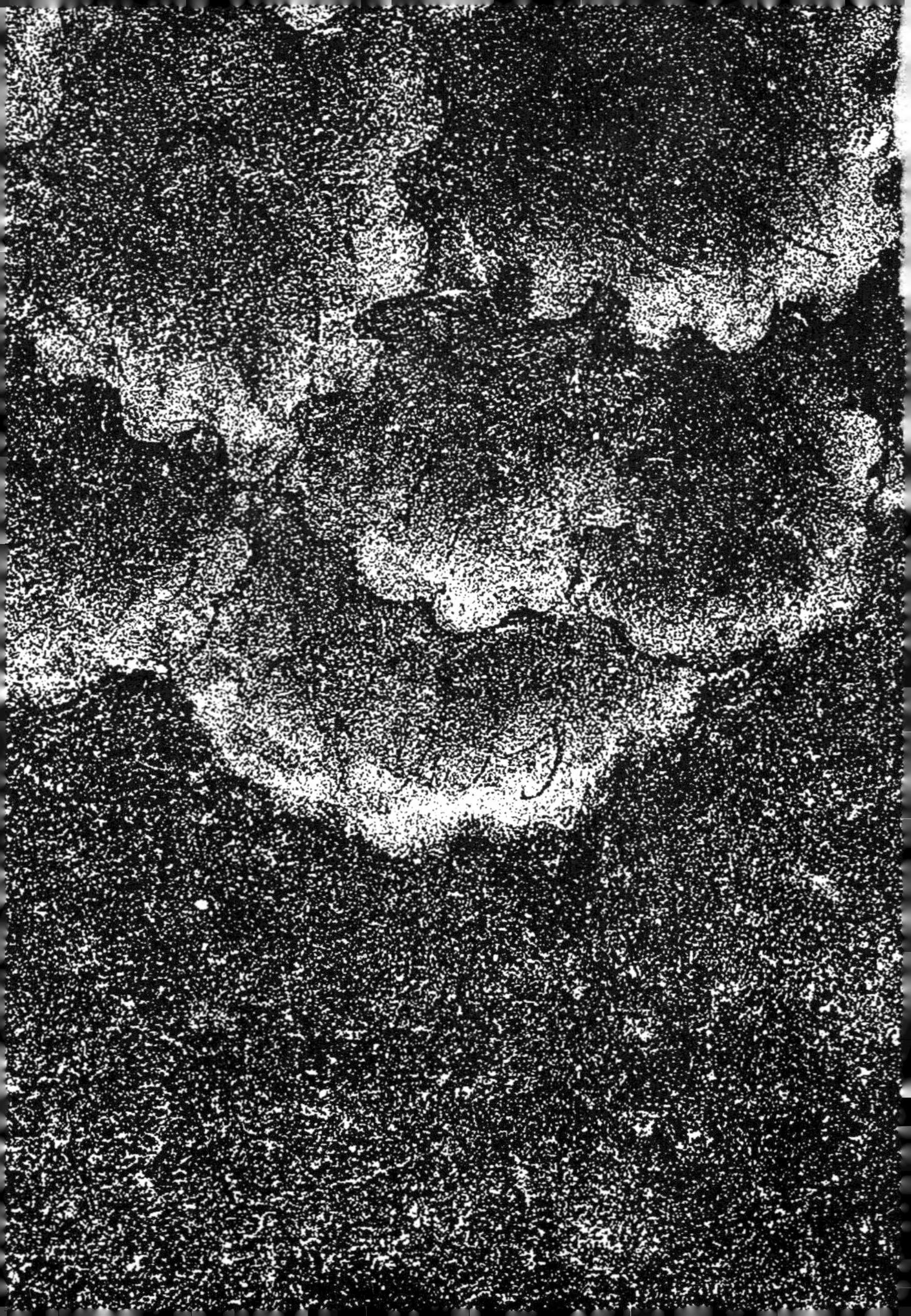